푸른
시인선
012

내 안에서 불던 바람

유재병 시집

푸른사상
PRUNSASANG

내 안에서 불던 바람

| 시인의 말 |

들국화를 꺾어 꽃병에 꽂습니다.
하얗게 핀 억새풀과 함께 내 마음의 창가에 놓아둡니다.
바람이 불어도 별이 뜨지 않는 밤에도
그대 모습, 꽃향기로 피어나기를
조용히 무릎을 꿇고
깨끗한 영혼으로 꽃피울 그날을
기다리겠습니다. 그리하여도
허영과 욕심으로 진실하지 못한 어느 한구석이 있다면
꽃병의 물을 비우듯 먼저 내 가슴을 비우고
그리움의 맑은 샘물로
빈 가슴을 채우겠습니다.

어느 가을날에
유재병

제2부 다시 태어나기 위해

제3부 **아침 햇살**

제4부 쓴맛을 알다

제 1 부

아이들의 바다

도깨비바늘

너의 수풀을 지날 때
풀벌레의 속삭임, 눈부신 햇살들이
비수처럼 날아와 꽂혔다
새까맣게 들붙은 바늘들
아릿한 추억의 씨앗,
일일이 떼어냈지만
깊숙이 뿌리박힌 가시는 몰랐다
누가 나의 영토에 자리 잡았나
맺힌 멍울은 커졌다
그러나 무슨 수로 돌이키겠는가
강물처럼 흘러와 보니
생살을 비집고 싹이 튼 그것은
나의 영혼에 심어놓은 노래 한 소절
나의 주인이 된
나와 하나가 된

우리 아이들은, 지금

실습 시간에 과제가 주어져도
무엇이 그리 좀이 쑤시는지 안절부절 못하고
옆사람을 기웃거리고
다람쥐 제 구멍 드나들듯 이리갔다 저리갔다
떼굴떼굴 두 눈 굴려가며 꼼지락거리는 아이들이
정말로 미워질 때가 많다
공부보다는 놀이에 더 관심이 많은 우리 아이들은
무던히 학습에 열중하는 인문계 학생들과는
너무도 대조적이다, 경고의 눈길을 보내도
눈 한 번 깜짝하고는 여전히 부산하게 움직거린다
심하게 야단쳐도 미안한 것은 그때뿐
그야말로 칼로 물 베기처럼,
우리 아이들은 그래서 뒤끝도 없다
일 년 전이나 이 년 전에 비해 덩치만 좀 컸을 뿐
가슴엔 온통 출렁거리는 정(情)으로 가득해서
어떠한 유감(遺憾)도 없다, 옹이처럼 굳은 증오(憎惡)도 없다
영어 듣기, 고전문학, 삼각함수는 알아듣지 못해도
언제나 샘 같은 순수함이 넘쳐서 기특한 아이들,
그 어떤 엄한 벌칙보다도

꾸중 들을 때마다 부모님 모셔오라는 엄포를
제일로 두려워하는 아이들,
요즘같이 무서운 세상에 그래도 부모님을 걱정하는
그런 아이들이 고맙기만 하다

선인장

무슨 생각을 하나

바람이 죽어서 딱딱해진, 비가 말라서 투명해진 벽을 사이
에 두고

말랑말랑한 시간의 몸에는 가시가 돋쳐 있어,
오래된 풍경처럼 부풀거나 쪼그라들지 않으면서 사막을
일렁이던 시간은
밤으로 흘러가지
밤과 시간은 평형을 유지하지

처음 만났을 때에는 부드러운 잎이어서
그러나 조심했어야 했는데,
다가가도 밤이 되지 않았으면 좋았는데 밤의 몸속에 발을
들였다가 길을 잃었지

만져지지 않는 너의 몸을 더듬다가,

아침이 되고

어제의 잎에서 나를 가둔 수많은 이슬을 보는 순간,
뾰족뾰족 생각이 돋아 나왔지
웃자라는 생각은 장마 후의 풀밭 같아서 한번 고개를 들기
시작하면 멈추는 것은 불가능해
아무것도 할 수 없어……

수천 개의 가시를 몸으로 밀고
또다시 밤 안으로 들어가 어둠이 되어야 하나 밤의 끝까지
걸어가 날카로운 별빛에 찔려야 하나
구멍 숭숭 뚫리면
차라리 얼마나 시원할까

아픔은
뾰족한 통증과는 다른 아주 평평한 모양을 하고 있네

눈앞에서 벌침 같은 사랑이 떠나간 허전한 자리
고요한 슬픔, 캄캄한 그 깊이,

나는 알고 있지

안에는 뜨거운 사막이 잦아 있다는 걸, 천년의 모래바람이
화석으로 굳어져서 층층이 밤이 되었다는 걸

그럼에도
너는 유리벽 저편에서 침묵으로 말한다

가시 박힌 가슴이
더
아프다

매미

그대는 지금, 사랑에 대하여 노래하고 있다
맴 맴 맴, 쓰름쓰름, 지ㅡ
그대만의 독특한 발성법으로 테너 가수가 연주할 때, 처럼
아랫배에 힘을 모아 열창하는 중이다
수년 동안 비밀스럽게 준비한 며칠간의 콘서트
꿈결인 듯 감미로운 서곡은 시작되고
뻥 뚫리는 시원함이 너울처럼 이어진다
게다가 마음 졸이게 만드는 클라이맥스란……
한여름의 음악회는 합창으로 끝을 맺는데,
나는 언제쯤이나 절창(絶唱)을 뽑아낼 수 있으려나
벤치에 앉아 꽉 막힌 가슴 쓸어내리며
가슴에 사무치는 여운을 되새겨본다
바람 죽은 하늘에는 뭉게구름이 떠간다
여름날의 영광이 까맣게 잊힐 때까지
영혼이 빠져나가 빈 몸이 된 후에도
매미는 끝까지 무대에 남아 악보를 움켜잡고 있다

해피

강아지 한 마리를 얻어 처가에 갔다
품안에서는 잠잠했는데
땅바닥에 내려놓자마자
가랑이 사이에 꼬리를 말아 넣고 허둥거린다
끙끙거린다
의지할 곳을 잃은 젖먹이를 본다
발이 무겁다
비싼 종자라고
가장 예쁜 놈을 골랐다고
자랑했는데
나는 지금 몹쓸 짓을 하고 만 것이다
밤새도록 끙끙거릴 것이다
며칠을 굶을 것이다
어미를,
형제를,
가족의 냄새를,
이불 속에 머리를 묻고
그리워할 것이다
오들오들 떠는 어린것의 등을 가만히 쓸어주었다

어떻게든 살아가겠지
평생 새 주인을 따르겠지

처가에 갈 때마다
미안한 마음으로 머리를 쓰다듬어주는데
지난일은 잊었는지
해피는 엉덩이를 들이대고 꼬리를 흔든다

친정집에 들어서면서
기분이 좋아진 아내가 한마디 한다
해피가 그렇게도 예뻐?

달맞이꽃

어둑해질 무렵이면 마을 빈터로 아이들이 몰려 나왔다. 불그레한 복숭앗빛 얼굴로 동산에 떠오르는 달을 보면서 소원을 빌었다.

달 밝은 밤에는 술래잡기를 했다. 서너 명씩 편을 갈라 한편은 공동 우물 뒤로 가 숨고 한편은 돌담 옆 짚가리 사이에 숨었다. 그들 중의 한 명씩은 반대쪽으로 빠져나가서 "여기 있다!" 소리를 질러 술래를 꾀었다. 예쁜 달은 아이들의 마음을 고루 밝혀주었다.

깜깜한 날이 계속되자 궁금증은 안개처럼 떠다녔다. 먹구름이 소낙비를 뿌릴 것처럼 골목길을 맴돌았다. 얼핏, 그림자가 붉은 양철지붕집 주변을 서성거렸다. 몇몇은 도시로 떠났다. 2년 동안 지독한 열병을 앓던 친구는 길을 나선 후 돌아오지 않는다고 했다. 먼 하늘의 초록 별로 떴다고도 했다.

들리는 얘기에 의하면, 아이들은 지금도 술래잡기를 한다고 한다. 낮에는 7월의 빈터 풀섶에 웅크리고 있다가 밤이

되면 올망졸망 노란 꽃으로 피어난다고 한다. 달이 떠오르
기만을 기다린다고 한다.

벽장

　충실한 근위병처럼, 할아버지는 겨울 내내 검게 눋은 아랫목에서 성(城)을 지키고 계셨네 처마 밑을 서성이던 하오(下午)의 혓바닥이 무료한 방바닥을 훑고 지나자 나는 조심조심 성(城)으로 올라갔네

　빽빽한 대숲의 숲으로 들어서자 은밀하게 숨죽이고 있던 사물들은 하나둘씩 꿈틀거리기 시작했네
　시린 바람이 얼굴에 부딪쳐 산산조각 나던 겨울, 잠에서 깨어난 얼레가 먼지를 탈탈 털며 실을 풀어내기 시작한다 눈 덮인 언덕을 내달린다 여기저기서 떡갈나무 팽이가 돌아가기 시작한다 재봉틀의 실패는 장구벌레가 되어 꿈틀꿈틀 기어 나온다
　쏴아 쏴아 꿈결의 파도가 서늘하게 덮쳐오는 해변에서 낚시질을 했네 곱게 닳아 조개껍질처럼 하얘진 웃음이 뙤약볕으로 쏟아지고 있었네 타잔이 넝쿨 줄을 타는 실거미줄 늘어진 사륙판의 정글에서 나는 눈부신 탐조등과 천둥치는 할아버지의 음성을 피해 더 깊숙한 곳으로 숨어 들어가곤 했네

나의 성은 언제쯤 완성될 수 있을까 비밀의 문은 어디에
내어놓을까

　할아버지가 콜록콜록 마실 가신 사이 베개를 받쳐놓고 올
라갔던 그 옛날 아름다운 세상

부엌칼의 내력(來歷)

부엌칼을 간다
무뎌서 껍질조차 벗겨내지 못하는 칼
듬성듬성 이빨 빠진 칼
숫돌에 문질러도 좀처럼
날이 서질 않는다
한때는 내 우주의 중심이었던
서슬 퍼렇던 칼날
나의 옹고집 정도는 눈빛만 스쳐도
여지없이 잘려나갔었다
혈기가 왕성했던 그때는
수백 도의 열기, 수천 번의 쇠망치를 받아내고도 끄떡없던
단단한 몸
이제는 찬물만 닿아도 움찔움찔
근근이 버티고 있다
'잇몸만 남았어, 채소나 썰어야지'
아내에게 부엌칼을 건네며
한 세대의 내력을 더듬어본다
자루 끝은 뭉툭해지고

희미한 어둠 속에 물러선
굽은 등이 허옇게 드러난 당신

사랑은

바람은
자신을 부딪쳐 산산이 부서질 때
바람이 된다
아무리 강한 바람일지라도
나무에 부딪치고
파도에 부딪치고
부드러운 속살이 드러나도록
온몸을 으깨야 바람이 된다, 그래야만
무형(無形)이 유형(有形)이 되고
비존재(非存在)에서 존재가 된다
사랑의 마음도
누군가에게 가서 부서져야만 사랑이 된다
제아무리 높고 따뜻한
마음이라 한들,
자신이 끌어안고 있는 그것은
사랑이 아니다
상처 입은 마음에 부어졌을 때
힘없고 가난한 이와
하나가 되었을 때

그때 비로소 마음이
사랑이 된다

그가 돌리는 필름 속에는 서해안이 살아 있다
— 서해안 사람 정규택

서해안,
하루 두 번 알몸을 드러내는
햇살과 달빛의 그물로 둘러쳐진 바다의 골짜기
통통배가 하늘 높이 흰 도넛을 구워 올리는 곳
기쁨과 슬픔, 미움과 사랑이 썰물과 밀물로 만나는
서해안 이름 없는 작은 포구에 가면
서해안의 상징이 된 한 사람을 보리라
칠면초, 퉁퉁마디, 갯개미취 무성한 바다의 습지
만선의 꿈 개펄에 잠든
시화호 어느 기슭이라면
갈매기가 노래하는 한적한 모래톱이라면
애증의 안개가 구만 리 파도를 삼킨 곳이라면
긴 장화 밀짚모자 차림의
구릿빛 영락없는 어부를 만나리라
꿈틀거리는 새벽을 건져 올리는 어부
먼 바다로 침잠하는 태양을 낚는 어부
그의 목에는 세월의 더께가 덕지덕지한 롤라이
그의 손에는 은빛 성성한 라이카가 있다
가슴 뭉클한 장면, 찰나의 순간을
한 장 인화지에 낚아채는 솜씨는

어느 누구도 흉내 내지 못하리라
빛의 속살을 발라내는 섬세함에 감탄하리라
사각 프레임 속의 마이크로 세상이나
상상도 못 할 광활한 바다를 마주하고 싶다면
사랑과 애환을 젓갈처럼 숙성시키는
두 눈 부리부리한 그 사나이에게 청해보라
그가 돌리는 필름 속에는 서해안이 살아 있다
잃어버린 풍어의 꿈과
정지된 물살의 무수한 발자국과
새 떼처럼 날아오르는 서해의 역사
파도쳐 달려오는 희망찬 미래가 있다
동틀 무렵 뭍에 오르는 수상한 자 있다고
행여, 신고하지 마시라
그는 바로, 개펄에서 짠물 속에서
안개 속에서 사구에서 갈대숲에서
경기도 화성 서해안의 어느 하늘 아래에서
바다의 내력을 전하는 진정한 사진가
서녘에 붉게 물드는 마음을 보고 싶다면
왕모대, 맷돌포, 백미리, 구봉도, 궁평리에 가보라
살아 있는 전설이 있다

시집 사리

하루살이는 하루 남짓을 산다
겨우살이는 높은 나무 위에 얹혀
겨우겨우 셋방살이 한다
우리 할머니는 일곱 형제에 사촌까지 열 명 넘게 안고
시집살이를 했다
평생을 어렵사리 살림살이 했다
하루살이는 입이 없어 배가 고프다
그래서 하루살이 한다
겨우살이는 나무 등을 올라타고
염치없이 삼십 년을 산다
겨울에도 푸르게 겨우살이 한다
머리 하얀 아흔 여덟 우리 할머니는
홀로 사는 아들 아파트에 갇혀
감옥살이 한다
겨우살이를 업고 사는 나무처럼
그만 죽어야지, 죽어야지, 한다
하루살이의,
겨우살이의,
할머니의,

세상살이가 무엇인지 잘 몰라
시답지 않게 시 답지 않은 시를 쓰고 있는 나는
시집을 낼지 말지
몸 사리는 중이다
어렵사리 시집을 낸다 한들 어느 누가 시집을
사리

가을 단상(斷想)

들녘은 황량하고 숲은 깊었다
가을이 끝나는 길목에서
뒤를 돌아보지 않겠노라 다짐을 했다
금빛 가랑잎에 덮인 원죄(原罪)는
어떠한 흔적도 찾을 수 없으리
수많은 날들이 서걱서걱
나의 등을 밟고 지나갔지만
아무런 일도 일어나지는 않았다
미처 용서를 구하지 못한 여름과 봄
겨울은 또 내 앞을 가로질러
묵언(黙言)의 눈빛으로 기다릴 텐데
그래서 묻히는 것이 두렵고 미안하다
캄캄한 하늘에 갇힌 티끌들이여
굵은 빗줄기처럼 쏟아지거라
땅속 천리 길을 지나고
먼 훗날 낯익은 고을의 지붕 위를
흰 눈발처럼 흩날리거나
별빛처럼 부서져 내리다가
어쩌면 바람의 보드라운 손길로

홀로인 영혼을 만져줄지도
꼭 그럴 것만 같은 막연한 희망을 품어서일까
가을, 그 심연에서
나의 마음이 고요해지는 것은

아이들의 바다

동백꽃이 피기 시작합니다
돌담 밑 겨우살이 어둠이 걷힙니다
문득문득 새뜻한 바람이 스칠 때마다
굳게 닫혔던 가슴에는
아름아름 봄풀이 돋습니다
나는 겨울을 맞으면서도
먼 훗날의 새싹을 준비하지 못한 이유로
너무나 미안하지만,
이기적이고 사리에만 밝은
조붓한 가슴이 초라하도록 부끄럽지만
메마른 돌담 구석에도
잊지 않고 밀리기 시작하는 햇살은
깊은 바다의 촉수처럼 물결칩니다
그러나 지금 내게 들이치는 바람은
너무나 차갑습니다
발끝까지 바다가 와 닿은 교정에서
때 묻은 아이들의 손을 잡고
물고기 같은 눈을 바라보며 나누던 작별이

몸살을 앓는 세찬 파도처럼 일어섭니다

남해를 떠나며
하얀 종이배를 띄웁니다
한 움큼 그리움을 퍼 담아
아이들의 바다에 놓아둡니다

사랑하기 때문에

바람이 나의 머릿결을 흔들어놓고 가는 것은
바람이 풀잎을 쓰다듬어주는 것처럼
나의 사소한 것을 사랑하기 때문입니다

빗방울이 내 가슴을 적셔놓고 가는 것은
빗줄기가 대지를 적시는 것처럼
메마른 나의 마음을 사랑하기 때문입니다

저물녘 어스름이 내 마음 깊숙이 잦아드는 것은
어둠이 모든 생명에 휴식을 주는 것처럼
피곤한 나의 영혼을 사랑하기 때문입니다

아침 햇살이 어두운 나의 창을 비추는 것은
봄볕이 새싹을 틔우는 것처럼
내 마음의 어린 싹을 사랑하기 때문입니다

그래서 나는 이 모든 의미들을
깊이깊이 헤아려봅니다

사랑은

먼저 두 손을 내밀어 마주 잡아주는 것입니다

마음을 열어 보여주는 일입니다

바람과, 비와, 어둠과 햇볕 속에서 열매가 여물듯이

나의 영혼 또한 그 안에서 성숙해갑니다

내 안에서 불던 바람

바람이 새어나가면서 내 어디에선가 슬픈 피리 소리가 들렸습니다 나는 영문도 모르는 채 철퍼덕 주저앉고 말았습니다 낯선 골목의 담벼락 아래서 하룻밤을 지샐 때였습니다 어둠 저편에서 누군가가 스쳐 지나는가 했는데 아뿔싸 그만 허를 찔리고 말았습니다 정신을 차린 후에야 하늘이 노래지고 매가리가 탁 풀리는 것이 사랑이란 이런 거구나 여태껏 나를 지탱해온 것은 바람이었구나 나는 그저 넋을 놓고 바라볼 뿐이었습니다 내 안에서 불던 바람이 별이 총총한 하늘로 오르며 메아리치고 있는 것을

제2부

다시 태어나기 위해

다시 태어나기 위해
— 우리 아이는, 지금 · 1

아빠, 머리가 빠져요
눈썹도 빠지고 살갗의 털 하나하나까지
깃털처럼 날려요
그럼에도 하나도 아프지 않아요
풀죽은 표정에서
눈물 한 방울 뚝, 떨어진다

얘야, 세상 모든 것들은 다시 태어나기 위해
가장 소중한 것까지 버려야 할 때가 있단다
몸도, 영혼도 깨끗이 비우고
자신조차도 자기 소유가 아니라고 느껴질 때
가장 순결하게
거듭나는 거란다, 저 나무처럼

함께 웃을 수 있도록
— 우리 아이는, 지금 · 2

눈부신 목련이 피고
푸릇한 봄날이 활짝 열리는가 했는데
포근하게만 느껴지던 햇볕 한편에
아픔이 옹이로 숨어 있는 걸 알게 되었습니다.

삶에는
아름다운 꽃이 피고, 시원한 그늘이 있고
다디단 열매가 향기를 더해주기도 하지만
때로는 세찬 폭풍과 칠흑 같은 절벽이
앞을 막아서기도 합니다.

우리 아이는, 지금
한겨울의 길목을 지나고 있습니다.
단지 처한 길이 어둠 속에 나 있고
폭풍우가 몰려오고, 눈보라가 치고 있는 것일 뿐
밝은 세상으로 뻗은
한 갈래 길을 가고 있습니다. 온 힘 다해
인생의 한 고비를 넘고 있습니다.

살펴주소서, 쓰러지지 않도록

승리의 목적지에서 함께 웃을 수 있도록.

티눈
— 우리 아이는, 지금 · 3

티눈 세 개가 나란히 박혀 있다

희한하다, 그놈들 군소리 없이 들어앉아

빼꼼히 세상 밖 나를 내다본다

나는 남의 밑바닥을 살피는 일은

타인의 마음속을 들여다보는 것처럼 어렵다고

궁색한 변명을 해보지만 낯 뜨겁다

나의 발바닥은 수시로 만져보면서

남의 발바닥은 마음으로 살펴보지 못했다

내 몸의 불편함과 내 마음의 아픔은

눈곱만큼도 참지 못하면서

남의 아픔과 다른 사람의 슬픔은

모르는 체 고개를 돌렸다

아이의 무릎뼈에 숨은 옹이처럼

아이의 발바닥에 둥지를 튼 티눈,

발바닥이 티눈을 끌어안는 동안

그 아픔마저 한 식구가 되어 살고 있었다

어느새 듬직하게 넓어진

우리 아이의 조붓한 발바닥에서

아이의 기도
— 우리 아이는, 지금 · 6

함부로 드러내지 않는다

차도르 입은 신비의 여인처럼

온몸을 검은 보자기로 가리고 병실에 들어온다

심장에는 나와 소통할 한 가닥 신경줄

은밀한 출구 돌출된 꼭지에 매달고 있다

그분은 가물 대로 가문 내 몸에

목말라할 때마다 애간장이 탈 때마다 감질나게

한 방울씩 하늘의 말씀을 떨어뜨린다

계산이 틀려질까 전자계량기*를 달아

내어주는 영혼의 질량과 보관하고 있는 생명의 가치를

정확하게 측정한다 아니다 그것은

그분의 말씀을 시간으로 바꾸는 타임머신이다

노란색**의 시간이 핏속을 흐르기 시작하면

내 몸의 리듬은 노란 시간에 맞춰진다

얼굴이 노래지고 하늘도 꿈도 온통 노란 세상이다

다섯 시간 동안 노란 마음이 되어야 한다

빨간색***의 시간이 핏속을 흐르기 시작하면

내 몸의 리듬은 빨간 시간에 맞춰진다

얼굴이 빨개지고 하늘도 꿈도 온통 빨간 세상이다

열여덟 시간을 연거푸 두 번 빨간 마음이 되어야 한다

나는 그분의 말씀을 경청하기 위해

언제 어디에서건 몸을 낮춰야 한다

베일에 싸인 그분을 조심조심 모시고 다녀야 한다

유익한 가르침에 동화되어 완전한 한 몸이 되어야 한다

그래야만 자유로워질 수 있다

그래야만 새 생명을 얻을 수 있다

그분이 몇 날 몇 달 동안 내 몸속을 여행하다가

뾰족한 티끌 파편의 하나까지 찾아내어

노랗게 빨갛게 표시하여 걸러낼 것이다

내가 책을 읽거나 이야기하거나 밥을 먹거나 잠들어 있거
나

그분은 잠시도 한눈팔지 않는다

높은 곳에서 나를 지켜보고 계시다

* 전자계량기 : 'Infusion pump'라는 의료기계를 개인적으로 표현한 명
  칭. 주사액을 정량적으로 주입할 때 사용한다.

** 노란색(약) : 항암치료제 'Methotrexate'.

*** 빨간색(약) : 항암치료제 'Doxorubicin'.

조직검사
— 우리 아이는, 지금 · 7

침입자의 정체를 밝히기 위해 아지트를 급습하였다. 뼛속 깊숙이 잠복해 있는 암(癌)의 철옹성, 도무지 침입한 흔적도 통로도 보이지 않는다. 어떻게 감쪽같이 숨어들었을까, 놈은 생각지도 못한 곳에 굴을 파고 분열에 분열을 거듭하면서 진지를 구축하고 있었다.

조심스레 어둠의 장막을 갈랐다. 전투를 지휘하는 의사는 옹이의 돌기를 베어 재빠르게 냉동실에 가둔다. 꼼짝없이 얼어버린 몸통을 복어회 치듯 얇게 썰었다. 단면(斷面)을 뚫고 나온 숨구멍으로 신음과 함께 찬바람이 빠져나간다. 지금까지 아무에게도 해독되지 않았던 암호가 핏빛 무늬로 돌기 시작했다.

아이의 종지뼈에 기생하는 암덩어리처럼, 내 안에도 무언가 숨어 있는 것은 아닐까. 보고, 듣고, 말하고, 생각할 때마다 사사로움이 앞서고 있지는 않은지, 그릇됨은 없는지 구석구석 돌아보고 밝혀내야 한다. 모른 척 지나치거나, 쉼 없이 깨우치려 노력하지 않는다면 내 안의 병은 깊어질 것이다.

아름답게 보인다
— 우리 아이는, 지금 · 8

항암 치료를 시작하면서부터 거리에는 다리 저는 사람들이 눈에 띄게 많아졌다. 또래 아이의 비슷한 증상만 보아도 조금만 절뚝거려도 쫓아가서 살펴보고 문진(問診)을 해야만 직성이 풀린다.

아이의 아픔이 나의 병이 되면서부터 다른 사람의 아픔도 느껴지기 시작했다. 별일 없이 얼굴 맞대던 사람들에게도 드러내지 않은 아픔, 하나쯤은 지니고 있다는 것을 알았다. 그 아픔을 승화시킨 오색 진주, 소중하게 보듬고 있다는 사실도 알았다.

나를 낮추고 세상을 바라보니 모든 것이 아름답게 보인다. 사람들이 향기롭다.

방학날

우리 반 어진이 녀석,
슬금슬금 내 곁에 다가오더니
가만히 손바닥으로 칠판을 쓰다듬으면서
속살거린다

"선생님, 얘가 제일로 고생했어요!"

그렇지, 삶은 때때로
우리의 가슴에 상처를 남기지
그렇지만 그때마다
아픈 흔적을 말끔히 지우고
새로운 마음으로
내일을 맞이해야 해

무좀

언제부턴가 내 발가락 사이를 찢고 들어와 둥지를 튼,

어젯밤에도 보랏빛의 그 그림자가 울안으로 들어왔다
다섯 개의 봉우리를 넘고 네 개의 골짜기를 지나 습기 찬
유리창을 문질러 잠들어 있는 나를 훔쳐보았을 것이다

냄새나는 골목이라도 좋아 남들이 뭐라 하든 축축한 놀이
터에서 낮잠을 잘 거야 너의 그늘에 배설을 할 거야 구멍을
뚫고 집을 지을 거야

시간이 멈춘 자리에 들불처럼 번지는 가려움,
오래전에 몰래 고랑을 파고 질긴 신품종의 씨앗을 심어놓
았을 거라고 생각을 했다

생각의 지층 사이에 숨어 있던 불씨,

불면의 옆구리를 들출 때마다 뾰족뾰족 화를 내고
실거머리처럼 달라붙어 나의 갈지자 걸음걸이에 대해 참
견을 하고

그때마다 처절하게 돋는 불꽃의 이마에 몇 년째 특효약을
바르면서, 나는 곰곰이 생각해본다

　철마다 살아나는 무좀에 대하여,
　내 안 어딘가에 감춰져 있는 원죄에 대하여

어떤 할머니의 전화

선생님, 우리 애가 온종일 굶었대요

어떤 할머니의 전화,
아니 왜 밥을 안 준대요 아침도 못 먹고 갔는데, 학교에서
써 오라는 것 다 보내줬는데 왜 밥을 못 먹게 한대요
원망이 가득한 목소리였지만
손자를 걱정하는 마음은 종소리처럼 울려왔다
그럴 리가요, 급식을 못 먹게 했다는 말에
학생이 누구죠, 라고 물으니
오늘 하루 종일 굶었어요 그 어린것이, 우리 경만이 잘 좀
보살펴주세요 선생님 꼭, 밥 먹여주세요

기초생활수급자인 경만이는 할머니와 둘이 산다
덥수룩 반곱슬의 그 아이, 이젠 봄이 왔으니 긴 털모자를
벗으라는 농담에 피식, 사슴처럼 웃던 흰 얼굴이 스친다
선생님 꼭, 꼭 밥 먹여주세요 선생님
간곡함 때문에, 미안함 때문에 더 이상 말을 할 수가 없었
다

사랑의 울타리가 절실한 아이,
배고픔보다는 따가운 시선이 더 서글펐을 경만이는
누구를 원망했을까
집으로 가는 길은 또 얼마나 아득했을까

온종일 나의 내면에서 울리는 종소리가 그치질 않는다

빵의 흔적

세상의 생물들은 속속들이
양분을 채워가며 깊어진다
살아가는 세월만큼
삶을 키우기 위해 노력한다
그러나 번듯한 겉모양, 그 속은
자칫 욕망으로 가득 차기 쉬운 법

빵은
조그만 제 몸을 충분히 숙성한 후
맛과 향기를 품는다
살이 트는 고통을 각오하며 인고한다
겉은 온전한 형상이나
자세히 보라, 아픔의 흔적
숭숭 뚫린 구멍으로 남아 있다

뜨거운 열기를 인내한
기포들 속에는 녹아 흐르는 부드러움과
달콤한 땀이 배어 있다

불 속에서 구워진 먹음직한 빵처럼,
욕정에 부푼 내 마음, 비워내고
진정한 맛을 내는
빵, 빵 같은 마음을 품고 싶다

홍시

— 속이 훤하네

책상에 앉아 시집을 보고 있는 등 뒤서 아내는

내 뒤통수 머리카락을 들춰보며 중얼거린다

아직도 깜깜한 속을 모르겠어 정말 모르겠다던 사람

이제는 내 속이 들여다보인다는 말인지

불리할 때마다 침묵으로 방어하던 내가 잠깐 방심하는

사이

깡통 같은 빈 속

들켜버리고 만 것인지

머리숱 따위에는 별 감흥이 없는 나이가 되었음에도

그 목소리에는 일말의 애처로움이

묻어 있는 것이다

시를 많이 읽는다고 좋은 시가 술술 써지는 것 아니지만

마음의 한쪽도 맑히지 못해서 답답한 하루

일상의 혼탁한 물 다 가라앉아 훤해졌으면

푸른 하늘 얼비치는 호수처럼

투명해졌으면

얼굴 같은 오롯한 시구 한 소절

자랑스럽게 내밀 수 있는 시집 한 권 있었으면

생각하는데 창밖에는

금빛 잎들을 뿌려놓은 젊은 감나무가 주렁주렁

홍詩를 쓰고 있었다

능소화

가장 화려할 때 떨어지는 꽃이 있다
가장 절정일 때
초연하게 희생하는 꽃이 있다
오롯이 떨어져
비로소 의미가 되는 꽃,
낙화(落花)하여
길 밝히는 꽃이 있다

가장 아름다울 때 피는 꽃이 있다
가장 드높을 때
소리 없이 피어나는 꽃이 있다
가장 뜨거운 열정으로
가장 순결한 마음으로
가장 숭고한 사랑으로
활활 타올라 한 줄기 빛이 되는 꽃,
산화(散花)하여
길이 되는 꽃이 있다

마음의 꽃은 영원하다

지웠다 쓰고 다시

밤새 다듬고
요리조리 땜질하고
깔끔하니 훌륭하다 싶어 뿌듯한 마음에 잠까지 설쳤는데
아침 말짱한 정신에 보니
초라해 보인다
뭔가 허전하고
어딘가 불편하고
차마 눈 뜨고 볼 수 없는
도무지 형용할 수 없는
넋두리
어제는 분명 근사했는데
오늘은 영 그게 아닌
알고 싶어도 이해할 수 없는 여자 속마음 같은
가족사진 속에서 해죽이 웃고 있는 낯선 사람 같은
혹시나 싶어서 다시 보면
역시나 아닌
수없이 지웠다 쓰고 다시 써봐도
그때 그 맛이 아닌
씁쓰레한

백지(白紙) 앞에서

백지 앞에 앉았다, 손바닥만 한
종잇조각이 창밖의 하늘처럼 넓다
해그림자는 저만치 돌아서 가는데
끝도 없이 펼쳐진 허공에는 이따금씩
구름이 힐끔거리며 지난다
글씨 한 자 적지 못하고 종이를 접는다
정신을 가다듬고 다시 펴본다
종이의 한가운데에는
마음의 상처가 칼자국처럼 선명하다
접고 펼 때마다
더 복잡해진다

백지를 앞에 놓고 나 자신을 돌아본다
남에게 상처를 준 적은 없는지
누군가의 가슴 한복판에
꽝꽝 못질을 해댄 적은 없는지……

백지 앞에

십자가로 남아 있는 오늘은
하늘이 푸르다, 마음이 가뿐해진다

비우다

— 내시경 의식(儀式)

궁금하다

암흑기에 접어든 내 안의 지층

무엇이 들어 있는지 모른 척할 때가 있다

시커먼 속내 감추고 깨끗한 척할 때가 있다

삼시세끼 목구멍을 넘어간 숲, 바다, 햇살이 묻힌

고생대(古生代)의 무덤

그 퇴적층을 따라 샘물이 흐르고

바람이 스쳐 지난다

깨달음이 본능처럼 오관(五官)을 기웃거리는 오후

문득, 암호로 적힌 엘피 레코드판의

비문을 판독하고 싶었다

축음기의 음관을 타고 흐르는

너의 노래를 듣고 싶었다

그것은 부끄러운 유물을 출토(出土)하는 작업

딱딱해진 절망을 발굴하기 위해

목구멍에 또 다른 절망을 채운다

지금 내가 해야 할 일은 모든 것 다 털어 넣어

케케묵은 속을 비우는 일

무릎 꿇고 아침을 맞이하는 일

그리하면 나의 속은 개운해질 것이다

머릿속까지 깨끗해질 것이다

시인이 되려면

선배가 승진한 후배에게 조용히 이르는 말
권위가 있으려면 먼저 권위를 버려야 해

내면의 나에게 조용히 물어본다
시인이 되려면……

비우고
비우고
모두 다 비우고

낮아져야 해

제 3 부

아침 햇살

아침 햇살

문틈으로 쏟아지는 살가운 기적에 잠이 깼습니다
눈 비비며 내 마음의 방을 둘러봅니다
어스름한 거실을 지나 창밖으로
그림처럼 펼쳐진 새벽 들판을 가로질러, 그분은
포들포들 나뭇잎을 흔들어놓았습니다
비바람이 드세던 밤길도 마다하지 않고
1억 5천만 킬로미터 떨어진 어둠의 끝에서 나를 찾아오신
그분,
반갑습니다, 아침 햇살!
고맙습니다, 아침 햇살!

시가 빛날 때

시(詩) 창작 노트들 들춰보다가
내가 그린 한 그루 나무를 보았다, 이파리 무성하고
품속에는 잔가지가 뻗쳐 있는 나무
어느 시인은 한 편의 시를 나무에 비유하였으니
시는, 이처럼 잘생기고 풍성한 형상이 아니라 한다
잎 떨궈내고 곁가지를 잘라내고
굵은 등뼈까지도 아낌없이 깎아낸 나무
꼭대기부터 땅속 깊은 실뿌리까지, 마치 갈대처럼
한 줄기 빛을 발하며 선명해질 때까지
깨끗한 마음으로 설 수 있는 나무가
진정한 나무라 하였는데, 그것이 바로 시라며
서늘한 바람소리로 깨우치던 말씀이 생각난다
그렇다, 내가 그린 나무 무럭무럭 자라
뜨거운 햇볕 모진 비바람 다 견뎌내면
가을의 단풍은 활활 타오를 것이다, 그리고
아끼고 사랑하던 모든 것 땀과 눈물로 뿌려 흙에게 돌려
주고
마침내 아주 조용히 황혼을 맞게 될 것이니
질펀한 땅이거나

볕이 뜨거워 말라터진 세상이거나

나는 한 그루 나무가 되어 곧게 서고 싶은 것이다

나무가 시가 될 때처럼, 격식의 옷 훌훌 벗어던지고

내 몸의 살 다 삭으면 영혼을 지탱하고 있는

척추의 작은 뼈마저 추려내어

발끝부터 머리까지 오로지 한 획의 투명한 사랑만 남게 하
리니

그렇게 되는 날

나의 시는 빛나게 되리라

아내의 다림질
— 지금, 나의 사랑과 사상은

장롱 속에 잠들어 있던 영혼들을 꺼낸다
나를 떠나 더 이상 내가 아닌 것들
봄 햇살 같은 얼굴이 있고 부끄러운 가면도 있다
다시 세상으로 불려 나올 때
보풀 인 신경세포를 일으켜
누군가 내 등을 잡아끄는 촉감,
그것은 선택받지 못하고 아무렇게나 구겨져 있던
또 다른 나의 몸짓이었다
끝내 마무리하지 못한 일과(日課),
못난 가지처럼 불쑥불쑥 삐져나오던 오류들
그 몸통과 팔다리를 접어
어두운 방에 가둬놓았던 사체(死體)들이었다
삶의 의미를 잃고 껍데기로 남아 있던 시절,
구원의 손길에 의해 차곡차곡 재어진
상자 속 아집들
속세의 뚜껑을 닫고 참선하듯
발효의 세월을 보낸 지금, 나의 사랑과 사상(思想)은
맑게 숙성되었을까
잘 익은 술처럼 고운 향기 내 안 가득 배었을까

그러나 아내는 말이 없다
어디서부터 손질을 해야 할지 망설이지 않는다
능숙한 솜씨로 해지고 터진 나의 마음을 깁더니
따뜻한 눈물에 담가 얼룩을 지우고
풀리지 않는 응어리는 햇볕에 내어 말린다
행여, 불의에 굽은 마디는 없는지
손끝으로 나의 안색을 살피고는
두 눈 부릅뜨고 이 세상 똑바로 쳐다보라고
오늘도 불같이 달군 심장을 꺼내들고
당당히 내놓을 내 마음을 다림질하고 있다

소래포구 갈매기

소래포구 수변광장에는
부리가 노랗고 뱃가죽이 하얀 거지가 산다
날개는 접어 뒷짐을 지고
날씬한 두 다리로 사람들 주변을 어슬렁거린다
회 먹는 사람들과 눈을 마주치며
눈치를 살피는 비둘기, 아니 갈매기
뻘 묻은 갯지렁이에 비해 깔끔한 식감
두툼한 회 맛에 익숙해진 갈매기
비상하던 높은 하늘, 거친 파도 헤치던
푸른 바다는 뒷전이다
소래포구 수변광장 갈매기는
누구에게서 배웠을까
땀 흘리지 않고 손쉽게 밥 동냥하는 방법을
비둘기인가, 사람인가

겨울 동화(童話)

겨울부터 보릿고개가 시작되던 시절이 있었다

아침은 꽁보리밥, 씹으면 미끈미끈 잘도 삐져나가는 보리
알과 한판 실랑이를 벌이고
점심에는 삶은 고구마와 동치미—

군불에 묻었다가 호롱불 아래서 까 먹는 군고구마, 밤새도
록 창밖에 얼린 고구마, 는 다디달았는데
밥으로 먹는 고구마는 꾸꾸 목이 메었다

고구마 가마니는 사랑방에 쌓여 있었고
구멍을 내어 몰래몰래 빼먹었는데
그것은 장에 내다 팔아 사친회비 내고 내복을 사던 우리들
의 양식(糧食)이었다

군고구마를 먹을 때마다 문득 떠오르는 겨울 동화
소록소록 눈 쌓이던 겨울밤 풍경

펜

출석을 부르려고 펜을 찾았더니, 공부하기 싫어하는 하얀 이가 두 손바닥으로 얼굴을 받치고 찡끗 웃는다. "선생님, 여기 있어요. 전 선생님의 팬이에요!"

봄날

살랑거리는 긴 머리,
진달래꽃 무늬 흰 손수건으로 묶은 아이
개나리꽃처럼 활짝 웃던 아이, 그때마다
하얀 덧니 살짝 드러나던……
아, 가슴 설레던 어느 봄날

난 그때, 왜 봄이 좋다고 말했을까
썰매도 탈 수 없고
헤엄도 칠 수 없고
가지 늘어진 감나무에서
말랑말랑한 홍시 하나 따 먹을 수 없는
파릇한 보리밭에는
흐물흐물 아지랑이나 널려 있는
그런 봄이 무엇이 좋다고,

빼빼한 고 계집애 앞에서
나는 왜 그런 거짓말을 했을까

TV를 보다가

아침 TV에
해달 한 쌍이 팔짱을 끼고
물 위에 나란히 누워 봄날을 즐기고 있다
옆에 있던 아내가,
어머 저네가 우리를 똑같이 따라하네
라며 바짝 다가앉아
내 팔짱을 꼬옥 낀다

이어 TV에
애완용 병아리 로봇이 화제인데
몸 만져주면 갓 나온 날개를 푸르르 떤다
팔짱 끼고 있던 아내가,
여보 저 로봇 병아리 꼭 당신 닮았네
라며 콕콕 찌르니
나는 움찔움찔 몸을 떨며 웃어주었다

팔짱 낀 해달이나 애완용 병아리 로봇처럼
우리도 서로에게
따뜻한 손길 한 번, 정다운 눈길 한 번

건네며 사는 것,
이것이 바로 행복은 아닐까

창피한 이야기

반항심에서 밥을 굶은 적이 있지요
철없는 내 잘못이었지만
안쓰러운 쪽은 늘 엄마였지요
쫄쫄 굶은 밥상머리에서
투정 부릴 때, 하필이면 그때
쪼르륵, 쪼르륵, 뱃소리
크게 울렸지요
배신자의 고자질에
내 얼굴은 그만 화끈, 화끈,
그렇지만 참 다행이다, 라고 생각했어요

근데 누구였을까요
내 옹졸함의 치기를 보기 좋게 꺾어준
근엄한 그 울림은

내 친구 인수

섬에서 송림동으로 이사했던 중학 시절, 서먹서먹한 반 아이들과는 외딴섬처럼 떨어져 있는 나에게 밀물처럼 속삭이며 다가왔던 친구, 어느 날 수도국산 달동네로 나를 찾아왔다 미로 같은 골목길을 헤매다가 마지막이다 불러나 보자, 내 이름 석 자 큰소리로 외쳤다는데 만화방 아주머니 빼꼼히 내다보시며 방향을 일러주었다 한다 판잣집이 다닥다닥 붙어 있는 우리 동네, 다시 몇 바퀴를 돌다 돌다 바로 코앞에서 돌아간 친구, 반닫이 위의 이불 봇짐, 쭈그러든 쌀자루, 코딱지만 한 단칸방이 창피해 문고리를 꼭 잡고 모른 체 돌려보냈던 그 친구, 또다시 찾아올까 쌀쌀맞게 대했던, 멀대같은, 순해터진⋯⋯ 내 친구 인수

발

1

도시에다 자릴 잡기 위해 가족이 떠나고 나는 할머니의 작은 섬에 외따로 떨어져 살았던 적이 있다

어린것 떼어놓던 어머니의 발걸음에 눈물이 앞을 가리었는데

홀로이 빈방에서 깨어난 한낮, 불덩이 같은 머리 위를 파리 한 마리 잉잉거릴 때에도 입 앙다문 그 설움 북받쳤는데

요즈음 발목이 저리고 굳은살 박인 발바닥이 시큰거려서 밤마다 이불을 덮으며 그리움에 젖는데

2

산발한 머리카락처럼 싸락싸락 영혼 잃은 눈발이 흩날리던 그날 밤,

윗목에 짊어진 짐 가지런히 내려놓고 자진하여 이불 속으로 들어가는 지친 발을 보았다

가시덤불 헤쳐 새벽길을 열던 발

현실과 이상의 어느 중간쯤에서 항시 나의 정신을 우직하
게 떠받치던 발

흙에 들어선 후에야 은하수 가득한 하늘을 향한 앙상한
발,

비로소 편안하게 쭉 뻗은 흰 발을 보았다

보름달이 방싯

자다가 깬 새벽,

말똥말똥 잠 안 오는 방에 풀벌레 소리 가득하다

깜깜한 하늘에 푸르스름한 바람이 불고

발코니에는 펄럭이는 빨래에 혈색이 돌기 시작하는데

모로 누운 내 눈 앞에

희미한 보름달이 방싯 떠 있다

꿈결인지,

하얀 치아를 드러내고

해죽해죽 웃고 있다

복권에 당첨됐나?

큰 것 한 건 계약에 성공을 했나,

아니면 내가 예뻐서?

잠든 아내를 보면서

모처럼 해보는 즐거운 상상

발교산 김씨

산에 들어가 자연의 일부가 된 김씨,
조그만 소쿠리 들고 나물 캐러 나섰는데
개울가 풀밭에 쪼그려 앉아선
귀한 자식 다루듯 풀잎을 어루만진다
한참 만에야 신선초 어린 줄기 하나 취하고
몽우리 진 금낭화 꽃대 한 가닥 잘라내고
산마늘, 당귀, 민들레, 산미나리
한 잎씩만 뜯어내고 달래, 산더덕을 캐고는
그 자리에 씨앗 몇 알 묻어준다
따사로운 햇볕 아래에서
훈훈한 봄바람 속에서
풀잎들이 손을 흔들며, 괜찮다고
풀꽃들이 향기를 피우며, 괜찮다고
발교산 김씨는
그제야 풀밭에서 일어서는 것이었다
잠시잠깐 자연에 세(貰)들어 산다는,

행복한 산장

두메산골 굽이굽이 오솔길 따라가면
때 묻은 발 딛기 미안한
너른 민들레 꽃밭에 외딴 산장이 있어요
섬강의 발원, 샘이 솟아 내를 이루는 곳
금낭화, 현호색, 개별꽃, 애기똥풀, 매발톱······
이름 모를 꽃들도 지천이라
벌과 나비 한창 분주하고요
산마늘, 취나물, 당귀, 더덕의 향내가
솔바람 타고 솔솔 감싸 도는 계곡
마당 한편에는 클로버가 가득하네요
바라만 봐도 마냥 행복(세 잎)한 산장
이곳에는 행운(네 잎)이 넘실거려요
재물(다섯 잎)도 꽤 있고요
바라는 기적(여섯 잎)도 눈에 뜨여요
일곱 잎 클로버는 진실과 사랑이라는데
그것을 찾으려면 사랑하는 사람과 마주 보고
눈 속을 들여다보세요!
일곱 잎 클로버가 싱그럽고요
5월의 숲속, 행복한 산장에서

우리는 모두 샘같이 맑은 한 가족
강원도 횡성군 청일면 봉명리 346
해발 998미터 발교산 산장에는
모든 것이 있어요, 하늘이 주신

투잡스

인천광역시 남동구 논고개로 10번길
퉁명스런 사장님과 딸랑 직원 둘뿐인 영세업체,
꿈에 '마누라'라는 직업으로 취직하였네
'의료보험 보장'에 '무조건 순종'이 조건이네
쥐꼬리만 한 월급이지만 인생 별거 있나
IMF보다 더한 불경기에 입에 풀칠할 수 있으면 다행이지
열심히 일해보겠다고 헛소리를 하고 말았네
등록금철이면 고분고분해지는 새끼들 때문이라지만
투잡은 정말 할 짓 아니네, 출근하자마자
산더미처럼 쌓여 있는 싱크대의 그릇 보면, 속 터지네
여기저기 팽개쳐져 있는 빨랫감은 어지럽네
속옷 삶고 손빨래하느라 허리 끊어지는 줄 알았는데
소파에 누워 리모컨으로 채널 돌리는 사장님,
선풍기 끼고 게임에 열중하고 있는 직원님 둘,
거들떠도 안 보네, 까치발로 빨래 널고 더워 죽겠는데
쓰라리게 다리미가 손등을 치고 가네
뱀처럼 허물 벗겨져도 누구 하나 신경 안 쓰네
비명보다 욕이 먼저 나오는 것을 꾹, 참았네
일할 수 있는 것만도 다행이지,

이 앙다물고 걸레를 쥐어짜며 하나님께 감사 드렸네
쌀 담가놓고, 반찬 만들고, 파김치가 되어서
퇴근하려는데 사장실에서 사장님이 나지막이 부르시네
끈적끈적 살갗이 들러붙는 열대야에
이런 젠장! 밤일까지 시키네

제 4 부

쓴맛을 알다

지금 이 순간

까만 비닐봉지 속에 들어가고 싶다
여백이 없는 백화점을 가출해서
주둥이를 묶고 들어앉아
되는대로 늘어져 있다가
누가 문 열어주면 그때 깨어났으면 한다
시장 골목의 인심처럼
좌판에 쌓인 옷가지처럼
털털털털 소박하게 일어서서
반색하는 사람에게
탁 트인 이웃에게

쓴맛을 알다

입맛이 없을 때 씀바귀를 먹은 적이 있다
풀죽은 하루의 일상처럼
그릇에 담겨 밥상에 오른 장아찌
씀바귀나물은 쓴맛이 전부일 거라고
싱싱한 내일은 없다고
미간을 찌푸리며 씹기도 전에 내뱉었다
떼어내면 어느샌가 들러붙어 있는 부스럼 같은 쓴물
관념을 헹궈내기 전에는
예민한 미각을 합리화하기 전에는
불행의 굴레를 벗어날 수 없다고
깊은 항아리 속에서 진저리 쳤다
씀바귀를 뿌리째 씹다 보니
뒤끝이 묘하게 달다
고독 같은 쓴맛에의 중독, 단맛을 위해
쓴맛을 즐기다니
씁쓸한 사랑을 아름답게 추억하다니
믿지 못하겠지만 끼니마다
밥상 어디엔가 배어 있을 쓴맛을 들춘다
고요하게 맺혀 있는 인고의 눈물,

눈물도 오래 곱씹으면 달다
어둠이 깃들어야 돋는 별처럼
슬픔이 깊어져야 우러나는 맛
단맛을 가르쳐준 그 쓴맛

자물쇠

문을 열고 싶었다

공손하게 노크하는데 날카롭게 쇳소리를 낸다

햇살처럼 웃어 보이면 쌀쌀맞게 반사하고

자기장으로 다가가면 돌덩이가 된다

물고기가 되었다

거북이가 되었다

세련된 표정에 반해 이름을 물었는데 너는

등 돌리고 경을 읽는다

캄캄한 미로에서 묻고 답한다 경우의 수 헤아려가며

째깍째깍 시침이 가리키는 암호를 해독한다

오른쪽으로 돌면 닿을 것 같았는데

그때마다 너는 왼쪽으로 뱉어내며 퇴자를 놓는다

내가 납작하게 키를 낮추면

너는 오똑하게 콧대를 높인다

내가 둥글게 믿으면

너는 세모로 네모로 마음을 바꾼다

내가 한 가지 사랑이어도

너는 묘한 색깔로 변덕을 늘어놓았다

우리는 서로 통하는 듯했지만

눈높이가 맞지 않았다
우리는 서로 코드가 맞는 듯했으나
생각하는 순서가 달랐다
먼 훗날 놀란 눈으로 흘겨볼지 몰라도
너의 정수리에 내 마음의 무늬를 새긴다
단 한 사람, 그런 사람이 될 수 있다면

난(蘭)

고향이 그리워서 소래에 터를 잡았다

좁다란 갯골을 비집고 올라온 바다가

창문 밖에서 힐끔거렸다

먹먹한 풍경이 발끝에 걸리적거릴 때

장난기 섞인 소금기가 귀밑까지 번져와서 부석거렸다

동쪽에서 남, 서쪽으로 나를 가운데 두고

하루 한 번 큰 원을 그리는 햇살

기다란 표정으로 내 옆에 앉았다가 갔다

내가 가슴을 내밀지 않아도

별들은 이파리마다 푸르스름한 말씀을 뿌렸다

푸석푸석 땅이 마를 즈음 단비도 들이쳤다

부르지 않았는데도

바람은 어깨를 툭 툭 치며 웃었다

바람처럼 사라졌다 나타났다 했다

눈 시린 하늘에 흰 구름 둥실 떠가는 사이

뿌리가 무성해졌고 줄기는 제법 굵어졌다

여러 해 꽃이 피고 또 졌다

감사하다 말하지 못하고 지나친 순간들, 난

한 철 피는 꽃보다는

잊혀지지 않는 나만의 향기를 갖고 싶었다

누군가 나를 찾지 않아도

더 이상 꽃은 피지 않아도

사진첩

그녀는 늘 누군가가 보고 싶다
귀머거리 방은 온종일 말이 없다
할 수 있는 일이라곤 일생의 페이지를 넘겨 기억을 되돌리
는 일
손끝에 와 닿는 얼굴들이
반갑게 웃어준다
처음부터 끝까지 한마디씩 안부를 묻다 보면
오늘도 하루가 반쯤은 저문다

이후부터는
수첩에 적힌 전화번호로 그들의 존재를 확인한다
바쁜 영혼들은 그때마다
조만간 찾아뵙겠노라 건성으로 말한다

움직이지 않는 풍경은 빠르게 바뀐다
열두 장면을 끝까지 넘겨보면서
해진 페이지를 몇 번이고 더듬어본다

아흔아홉 장의 페이지에

빛바랜 얼굴이 웃고 있어서 다행이다
순수하고
아름답고
소중한 핏줄,
헤아릴 수 있는 낮밤은 몇 번이나 남았을까

딩동~ 딩동~
들리지 않는 귀는 온통 문밖을 향하고 있다

어떤 알리바이

땅에서 하늘로 솟구친 사람
버려진 자루처럼
세상을 등지고 있다
조금 전까지만 해도 땅이었던 하늘과
솟구치기 전까지만 해도
하늘이었던 땅
눈 깜짝하는 사이에 뒤바뀌었다
질척거렸을 인생,
흙투성이 신발은 땅에 벗어놓았나
13층 구렁텅이에서
꽝, 정신을 쏘아올린 저 사람,
육체와 영혼을 분리하는
바리케이드가 쳐지고
구경꾼들은 구름에 걸려 있는
사랑에 대해 수군거린다
유일한 증인은 말이 없는데
경찰은 주변에 튕겨져 있는
이름과 나이와 고향에 대하여
지옥과 천당에 대하여 조사할 것이다

흰 천에 덮인 사람의 시선이 두렵다
증인이 가리키는 손끝의 방향,
뜨끔해진 구경꾼들은 서둘러
자리를 뜨기 시작한다
자신들의 알리바이를 주장하면서

고대(苦待)

그날도 땅거미가 지고 있었네
주인님과 드라이브를 하다가 잠시 여기에 섰지
문이 열리자마자 폴짝 뛰어내렸어
기분이 좋아 뒤도 안 돌아보고 내달렸지
꿈에도 몰랐어, 그것이 마지막이 될 줄은
텅, 문 닫히는 소리와 함께
쌩, 하고 자동차는 나를 지나쳐 갔어
무슨 착각이 있었겠지
그리고 며칠이 지났는지 몰라, 배도 고프고
밤이 되면 또 얼마나 추울까
옳지, 저기 부부가 오고 있네
혹시 우리 주인님을 알지 몰라
여보세요, 여보세요, 어라 말이 없네
이렇게 간절하게 묻고 있는데
내 말이 안 들리나? 컹컹, 컹, 컹, 컹,
내 옷이 너무 지저분한가 봐 슬슬 피하잖아
하긴 온몸이 근질근질하긴 해
그렇지만 저 사람들은 우리 주인님과는 너무 달라
따뜻한 눈길 한번 안 주네

아, 오늘도 틀렸나 봐

주인님은 이곳을 찾지 못하는 게 분명해

낯선 사람을 따라갈 순 없어

바람이 차네, 낙엽이 떨어지고 있어

깜깜해지면 나를 찾는 것이 더 힘들어질 거야

서둘러 가야지

나를 잃어버린 그곳으로

덕적도에서

뿌우 뿌ー, 굵직한 기적 소리가 정박(碇泊)을 알렸다.

오랜 기다림에 지친 사람들은 안개의 껍질을 깨고 서둘러
바다를 빠져나가기 시작했다. 하지만 곧 또 다른 늪으로 빠
져들고 있다는 것을 그들은 까맣게 모르고 있었다.

고독한 등줄기, 후미진 곳 어디쯤엔가에 첫발을 디뎠다.
안개는 아득한 몸속으로 들어가야만 길을 열어주고 혼을
맡기듯 깊숙이 잠겨들어야만 아스라이 새 길을 내어주고 있
었다. 끈끈한 바람이 큰 파도처럼 길을 휩쓸 때마다 앞선 사
람들의 모습이 나타났다 사라지곤 했다. 팔을 길게 뻗어 방
파제를 붙잡고 있던 어선들이 선창가를 서성이다 스러져갔
고 가슴에 큼직한 이름표를 단 상점들은 푸슬푸슬 안개의
풍랑 속으로 침몰해갔다.

물 빠진 해안선을 따라 인고(忍苦)의 갈비뼈가 드러나 있
다. 진물이 흥건한 상처를 부드러운 속살로 덮어주고 있는
너의 숲은 모래톱을 걷는 동안 한층 더 무성해졌다. 먼 길을
왔지만 너는 희끗희끗 알 수 없는 미소를 흘렸을 뿐 스스로
표정을 지우고 있었다.

'삶'이란, 이런 것일까.

시작도 끝도 보이지 않는 여로(旅路)에서 너는 길의 앞뒤를 딱 잘라놓고 꼭 필요한 만큼만 허락하고 있다.

지난날의 미련을 삭이라 하고, 먼 앞길에 대한 욕망을 비우라 한다.

누워 있는 나무

그 들녘에서 뒤돌아보았을 때
지나온 길은 커다란 나무처럼 누워 있었다
오랫동안 걷지 않은 샛길은 무성한 풀에 묻히고
나무의 밑동은 서쪽으로 까마득하다
땅에 묻힌 뿌리가 과거라면
하늘로 뻗은 줄기는 미래일 것이다
되돌아보는 나무의 안
나이테는 둥글게 여울진 날들을 기억하고 있었다
소를 끌던 유년의 둔덕을 넘으면서
바람과 마주치는 세월을 읽는다
풋열매를 깨물다가
푸른빛으로 번지는 떫은 맛에 몸을 흔들었던 일
7월의 계곡물이 뼛속까지 스밀 무렵
붉은 단풍이 온몸을 불사를 즈음
툭 불거진 가지를 잘라냈던 옹이를 본다
햇볕과 바람,
사랑과 이별,
별 그리고 그리움으로 울창했던 숲
그 마디는 어디쯤이었을까

오늘, 이명에 윙윙거리는 나무는 쓸쓸하다
그러나 흔들림을 버티어내는 힘은
뿌리에서 오는 것
오후 세 시의 들녘에서
오롯이 한 그루 나무로 서 있는 나를 본다

겨울 강

도무지 풀릴 기미가 없다

아득한 생애(生涯)의 길목으로부터

찬바람이 시작되는 겨울 강

쿨럭쿨럭 헛기침을 해도

쿵쿵 등줄기를 두드려보아도

쩡, 쩡, 심장을 가로지르며 금을 긋는 소리

심연 속에 얼어붙은

무성한 바람의 이파리를 보면

네가 돌아누운 까닭을 알겠다

눈을 감고 속으로

소리 내어 우는 이유를 알겠다

언제 오시려나

언 길 풀어줄 그대,

그러나 겨울 강은 자신을 공양하기 위해

깊이깊이 침묵하고 있는 것,

주인 잃은 나룻배 한 척과 더불어

그대를 기다리고

또 기다리고 있는 것이다

은행나무 아래서

햇볕을 피해 들어선 나무 그늘 아래
작은 알갱이 풋열매가 수북이 쏟아져 있다
위를 올려다보니 조락조락
풍성해야 할 열매 거의 다 떨어지고
드문드문 몇 알씩만 크고 있다
너무 가물어서 떨어졌구나, 했더니
농사짓는 선배 왈,
아니야, 스스로 떨군 것이지
아하, 자신이 키울 수 있는 만큼만……
순간, 이것저것 움켜만 쥐고 있는
나 자신이 부끄러워졌다
꼿꼿하게 서 있는 은행나무 아래
잘 익은 영혼의 열매 하나 품지 못하고
서성이는 나

그럼에도

발교산 숲 속에서 범부채를 캤다
이파리가 부챗살처럼 퍼진 우아한 자태
바람의 숨결이 일렁이는 고요함
쏟아지는 빗줄기 속에서도 의연하다
숲 향기와 바람과 흙을 함께 떠서
집으로 가져와 화분에 심었다
내가 출근하면 창문 열어 높게 뜬 구름 헤아리고
기웃대는 햇살을 초대하고
지나가는 산들바람과 말동무했으리
나는 생각날 때마다
마른 뿌리를 적셔주는 것이 고작이지만
시절은 늘 먼 길처럼 더디다
시월 들어 두 송이 호피 무늬 꽃을 피우고
꽃은 곧 시들었다
그럼에도 불구하고,
까만 송아리 반듯하게 윤이 나는 열매를
보란 듯이 가슴에 맺었다

다시 자연으로

뒷모습이 더 빛날 때가 있다

지붕은 날아가고 몇 조각 뼈대만 남은 창고,
이곳은 소금 곳간이었다
땀을 흘리던 터였다
숭숭 바람이 드나들던 그늘이었다

더 까마득한 이전에는
아마도 갈대가 무성한 들녘이었을 게다
파도가 넘나들던 조붓한 갯가였을 게다

이곳 한가운데에 하늘 한 자락이 들어섰다
소금의 정신이 밑동으로 굳어 있다
한생을 다하고 다시 자연으로 돌아가는 풍경,
결코 쓸쓸하지 않다

우리도 언젠가는 고향으로 가리니
욕망과 미움의 마음,
삶에서의 모든 찌끼를 비우고
기꺼이 자연으로 돌아가기를 희망한다

못

나는 필요한 요소다
나로 하여금 질서는 잡히고
나로 하여금 생명을 얻는다
든든한 믿음이 만져지는 그 위치
너의 손끝에
나는 존재한다

어깨와 어깨를 연결하여보자
힘이 솟는다
가슴과 가슴을 포개어보자
열정이 생긴다
머리와 머리를 맞대어보자
지혜가 자란다

내가
등이 휘고
머리가 깨지는 고통을 견디는 것은
결속을 위함이다
평화를 위함이다

발밑에 버려지고
음지의 벽에 박혀 쓸쓸하게 녹슬지라도
그것은 운명일 뿐

뭇 사람들이 생각하는 것처럼
몹쓸 짓을 하거나
파탄을 낼 생각은 추호도 없다
혹여
대못이 박히는 아픔이 있다면
너 자신을 돌이켜보라
미련이었는지
집착이었는지
욕망이었는지

밤바다에서

그대 바다에 밤이 왔습니다.

우리의 만남은 몇 안 되는 침묵이었고, 나는 또다시

어둠 속에 외롭습니다.

세월의 발자국 소리는 총총총 어둠 속으로 달려갑니다.

물결 위에 비친 그대 모습 생시처럼 선명한데

내 이마에 돋는 열꽃은 꿈속인 양 만발하여

밤하늘에 터지던 그 여름날의 불꽃처럼 산산이 부서져 내

립니다.

그곳에서도 보이는지요?

둥근달로 떠도는 내 영혼에 환히 등불을 밝혀놓았습니다.

바람이 파도의 이랑 위로 쉴 새 없이 불어오는 이 밤,

별 하나하나에 사랑과 추억이 하나둘씩 눈 뜨기 시작합니

다.

바다가 일렁일 때마다

바람은 불어 모난 부분을 깎아내고

파도는 일어 구석구석 깨끗하게 씻어내어

비로소 단단한 알맹이 하나 드러나게 하듯이

그대의 손길은 어둠 속에서도
희미한 별빛을 눈부시게 닦고 있습니다.

파도의 방죽 길을 따라 하얗게 걸어 나오는 별무리를
헤아리고 있는
그대 바다에 밤이 깊어갑니다.

속눈썹

속눈썹이 내 눈을 찌를 때가 있다
비뚤어진 솜털 하나가
꼿꼿하던 나의 머리를 숙이게 하고
따끔따끔 괴롭힐 때가 있다
나는 눈물을 훔치고 생각해본다,
하찮은 티끌 하나가
정밀한 기계를 정지시킬 수 있다
내 영혼의 뿌리를 자를 수 있다
예상하지 못한 그 무엇이
어느 한순간 뾰족한 창이 될 수 있고
자신을 겨눌 수도 있다는 것을

속눈썹이 내 눈을 찌를 때가 있다
무심코 건넨 말 한마디가
평화로운 마음에 깊은 상처를 낼 수 있다
오래도록 슬픔으로 남을 수 있다

작품
품
해
설

기억의 재생 그리고 치유의 시학

정연수 | 문학박사, 시인

1. 부엌칼이 긋는 삶의 존재적 의미

문학의 꽃인 시 장르가 가장 중시하는 것은 언어미학이다. 정제된 언어가 빚는 함축성 외에도 리듬 · 심상 · 상징성까지 갖춰야 하기 때문이다. 유재병 시인의 시에서 돋보이는 것은 깊은 사색과 삶의 연륜이 씨줄과 날줄로 만나 이루는 언어미학이다. 그 대표작으로 「선인장」을 꼽을 수 있다.

무슨 생각을 하나

바람이 죽어서 딱딱해진, 비가 말라서 투명해진 벽을 사이에 두고

말랑말랑한 시간의 몸에는 가시가 돋쳐 있어,
오래된 풍경처럼 부풀거나 쪼그라들지 않으면서 사막을

일렁이던 시간은
  밤으로 흘러가지
  밤과 시간은 평형을 유지하지
  (중략)
  아침이 되고
  어제의 잎에서 나를 가둔 수많은 이슬을 보는 순간,
  뾰족뾰족 생각이 돋아 나왔지
  웃자라는 생각은 장마 후의 풀밭 같아서 한번 고개를 들
기 시작하면 멈추는 것은 불가능해
                                    —「선인장」 부분

"어제의 잎에서 나를 가둔 수많은 이슬을 보는 순간/뾰족
뾰족 생각이 돋아 나왔지"(「선인장」) 같은 참신한 표현을 맛보
는 일은 시를 읽는 즐거움이기도 하다. '선인장'을 형상화하면
서 가시를 '생각'으로 표출하는 참신함도 좋거니와 더 돋보이
는 것은 '시간'에 대한 천착이다. "말랑말랑한 시간의 몸", "일
렁이던 시간", "밤과 시간은 평행을 유지하지" 등에서처럼 '시
간'은 '생각'만큼이나 핵심적 시어로 등장한다. 글쓰기 치료
전문가인 페니 베이커는 『단어의 사생활』에서 "단어들은 사람
들의 내면에서 벌어지는 일들을 들여다볼 수 있는 창이자, 모
두를 둘러싼 세계와 언어와의 관련성 그리고 언어 그 자체에
대해 생각해볼 수 있는 매혹적이고 적나라한 도구"라고 했다.
유 시인이 핵심 시어로 삼은 '시간'은 상처 입은 존재를 재생
하고, 치유하는 매개의 역할을 한다.
   유 시인의 이번 시집에 나타난 특징은 기억과 상처를 매개
로 하여 삶의 존재적 의미에 대한 이해를 시화한 점이다. 기

억 속의 상처를 시로 다루는 일은 산문 장르보다 훨씬 어려운 작업이다. 그런데도 유 시인은 시의 미학을 잃지 않으면서도 삶의 의미와 존재 방식을 구체적으로 잘 풀어내고 있다. 하여, 이번 시집에서는 기억을 재현하고 치유하는 방식들을 살펴보고자 한다.

> 부엌칼을 간다
> 무뎌서 껍질조차 벗겨내지 못하는 칼
> 듬성듬성 이빨 빠진 칼
> 숫돌에 문질러도 좀처럼
> 날이 서질 않는다
> 한때는 내 우주의 중심이었던
> 서슬 퍼렇던 칼날
> 나의 옹고집 정도는 눈빛만 스쳐도
> 여지없이 잘려나갔었다
> 혈기가 왕성했던 그때는
> 수백 도의 열기, 수천 번의 쇠망치를 받아내고도 끄떡없던
> 단단한 몸
> 이제는 찬물만 닿아도 움찔움찔
> 근근이 버티고 있다
> '잇몸만 남았어, 채소나 썰어야지'
> 아내에게 부엌칼을 건네며
> 한 세대의 내력을 더듬어본다
> 자루 끝은 뭉툭해지고
> 희미한 어둠 속에 물러선
> 굽은 등이 허옇게 드러난 당신
>
> ──「부엌칼의 내력(來歷)」 전문

시적 완성도가 높은 이 작품에서 유재병 시인이 언어를 다루기 위해 얼마나 많은 칼을 갈았는지 짐작할 수 있다. 칼과 칼의 정신, 그리고 칼과 시인의 정신이 정교하게 얽히면서 일체를 이룬다. "우주의 중심이었던/서슬 퍼렇던 칼날"이나 "수백 도의 열기, 수천 번의 쇠망치를 받아내고도 끄떡없던/단단한 몸"은 단단하게 삶과 사회를 지탱해온 시인의 세계관이 담겨 있다.

세월이 흘러 "무뎌서 껍질조차 벗겨내지 못하는 칼/듬성듬성 이빨 빠진 칼/숫돌에 문질러도 좀처럼/날이 서질 않는" 칼이 되었지만, 그 칼은 "한 세대의 내력"을 간직한 칼이다. 칼의 날을 더 벼려서 세상을 계속 겨눌 수 있기를 주문할 수도 있을 텐데, 시인은 시간의 흐름을 받아들이는 지혜를 선택한다. '뭉툭한 자루, 희미한 어둠, 굽은 등'을 받아들이는 것은 세월의 지혜인 셈이다.

2. 상처를 다루는 지혜

유재병 시인의 시적 정조는 상처·회상·슬픔·절망 등이라 할 수 있다. 그런데도 시적 분위기는 그리 어둡지가 않다. 그것이 가능한 것은 과거의 상처를 통해 삶의 본질적 가치뿐만 아니라 현재의 의미를 파악하고 나선 때문이다.

    너의 수풀을 지날 때
    풀벌레의 속삭임, 눈부신 햇살들이
    비수처럼 날아와 꽂혔다

새까맣게 들붙은 바늘들
아릿한 추억의 씨앗,
일일이 떼어냈지만
깊숙이 뿌리박힌 가시는 몰랐다
누가 나의 영토에 자리 잡았나
맺힌 멍울은 커졌다
그러나 무슨 수로 돌이키겠는가
강물처럼 흘러와 보니
생살을 비집고 싹이 튼 그것은
나의 영혼에 심어놓은 노래 한 소절
나의 주인이 된
나와 하나가 된

— 「도깨비바늘」 전문

　유재병 시인에게 있어 과거의 시간은 상처와 동질을 이룬
다. "너의 수풀"은 "아릿한 추억"이 머물던 과거의 공간이다.
"풀벌레의 속삭임"이나 "눈부신 햇살" 같은 긍정적 가치마저
'날아와 꽂히는 비수'에 의해 모두 부정적 가치로 전환할 정도
로 과거의 시간과 공간은 상처가 깊다. 상처를 상징하는 시어
들만 보더라도 몹시 날카롭다. '비수, 바늘, 가시' 등의 날카로
운 사물은 과거의 상처가 지닌 고통의 정도에 대한 표출이기
도 하다.
　심리치료는 상처를 숨기거나 잊는 것이 아니라 직면하는 용
기에서 출발한다. 자신의 마음을 알아채고 발설(고백 혹은 상
담)을 시작했다면, 이미 치료 과정에 들어선 셈이다. 유 시인
은 상처를 "일일이 떼어"내며 잊고, 다스리며 살았다고 생각했

는데 "깊숙이 뿌리박힌 가시"와 "맺힌 멍울"이 있다는 것을 자각한다. 그리하여 선택한 것이 과거의 상처를 현재성의 시간으로 불러내어 직면하는 일이다. 단순히 마주 보는 용기에서 그치는 것이 아니라 현재성의 삶에서 용해해낸다. 상처들을 고통으로 여기지 않고 "나의 영혼에 심어놓은 노래 한 소절"로 승화시키는 것이다. 결국 "너의 수풀"과 "나의 영토"로 이분화되어 있던 자아와 타자의 경계가 허물어지며 화해를 시도한다. "나와 주인이 된/나와 하나가 된"에서 확인할 수 있듯, 타자로 인해 상처에 휘둘리던 마음을 넘어서 '주인이 된 마음'으로 일어서는 것이다. 상처를 드러내고도 시적 정조가 어둡지 않은 것은 현재성과의 화해에서 기인한다.

깜깜한 날이 계속되자 궁금증은 안개처럼 떠다녔다. 먹구름이 소낙비를 뿌릴 것처럼 골목길을 맴돌았다. 얼핏, 그림자가 붉은 양철지붕집 주변을 서성거렸다. 몇몇은 도시로 떠났다. 2년 동안 지독한 열병을 앓던 친구는 길을 나선 후 돌아오지 않는다고 했다. 먼 하늘의 초록 별로 떴다고도 했다.

들리는 얘기에 의하면, 아이들은 지금도 술래잡기를 한다고 한다. 낮에는 7월의 빈터 풀섶에 웅크리고 있다가 밤이 되면 올망졸망 노란 꽃으로 피어난다고 한다. 달이 떠오르기만을 기다린다고 한다.

— 「달맞이꽃」 부분

달맞이꽃을 달밤의 술래잡기에 이으면서 고향 마을의 풍경을 서러운 마음으로 담아낸 작품이다. 산업화의 영향으로 도시로 이주하는 사람들이 늘어나면서 공동화가 된 시골 마을의 현실은 별이 된 친구와 맞닿아 있다. 유 시인의 시에서 종종 드러나는 토속적인 색채의 한 전형이라 하겠다.

"깜깜한 날이 계속되"던 마을, "먹구름이 소낙비를 뿌릴 것처럼 골목길을 맴"도는 마을의 풍경은 불안하기 그지없다. 급기야 "열병을 앓던 친구"가 "먼 하늘의 초록 별"이 되는 사연까지 품고 보면 옛 고향 마을을 생각할 때마다 가슴이 아릴 수밖에 없다. 유 시인이 어두운 과거를 놓아 보내지 못하고 붙잡고 있는 것은 지난 시간의 상처를 치유하기 위한 의도적 행위이다. 의식이 건강한 현재의 자신이 '서러운 상처를 입은 내면아이'를 불러내서 달래고자 한 것이다. '내면아이'는 어린 시절의 모든 것을 기억하고 있다. 좋은 기억뿐만 아니라 고통이나 수치스러운 체험, 마음의 상처 등이 잠재된 것이다. 존 브래드쇼는『상처받은 내면아이 치유』에서 "자신의 상처받은 내면아이를 발견하고, 그 아이를 잘 보살피고 양육하게 되면, 그들 안에 감추어져 있는 훌륭한 선천적인 아이의 창조적인 힘이 나타나기 시작"하며, "내면의 통합이 이루어지면, 내면아이는 그 사람의 새로운 재생과 원기가 되는 자원이 될 것"이라고 했다.

유 시인의 시에 나타난 '회상'의 세계는 '상처받은 내면아이'를 위로하고 성장시키는 과정인 셈이다. 심리적 상처는 무작정 잊고 살아갈 것이 아니라, 다스리는 지혜를 찾아야 한다. 시 치료(poetry therapy) 활동에서 중요하게 여기는 부분이기도 하다. 서러운 유년, 상처받은 유년을 마음 놓고 떠올리지 못하는 것이야말로 오히려 위험한 일이다. 건강하지 못한 현재의 방어기제가 작동한 때문이다. 시 치료 활동의 모범적 모델이 될 수 있는 유 시인의 시들에 대하여 시치료 연구자들이 주목하길 기대해본다.

3. 자아와 타자의 공존

유재병 시인의 시는 상처의 시간, 고통의 시간, 부서지는 시간으로 가득하다. 그런 시간을 감내하는 까닭은 바로 온전한 사랑을 위해서이다. "자신을 부딪쳐 산산이 부서질 때/바람이 된다", "온몸을 으깨야 바람이 된다", "자신이 끌어안고 있는 그것은/사랑이 아니다/상처 입은 마음에 부어졌을 때/힘없고 가난한 이와/하나가 되었을 때/그때 비로소 마음이/사랑이 된다"(「사랑은」)는 구절은 숭고한 사랑의 참뜻을 전달하고 있다.

자아와 타자를 일치하는 세계관은 「티눈」에서 잘 나타난다. "나의 발바닥은 수시로 만져보면서/남의 발바닥은 마음으로 살펴보지 못했다"는 고백처럼, 자기 세계에 갇힌 이기적 삶에 대한 자기 성찰이 통렬하다. 이것은 치유의 세계로 나가는 첫걸음이다. "아이의 발바닥에 둥지를 튼 티눈/발바닥이 티눈을 끌어안는 동안/그 아픔마저 한 식구가 되어 살고 있었다"(「티눈 — 우리 아이는, 지금·3」)에 이르면, 타자와 일체를 이루는 경지를 엿볼 수 있다. 상처를 통해 자아와 타자가 합일하며 치유의 길로 나아가는 것이다.

씀바귀를 뿌리째 씹다 보니

뒤끝이 묘하게 달다
고독 같은 쓴맛에의 중독, 단맛을 위해
쓴맛을 즐기다니
쌉쌀한 사랑을 아름답게 추억하다니
믿지 못하겠지만 끼니마다
밥상 어디엔가 배어 있을 쓴맛을 들춘다
고요하게 맺혀 있는 인고의 눈물,
눈물도 오래 곱씹으면 달다
어둠이 깃들어야 돋는 별처럼
슬픔이 깊어져야 우러나는 맛
단맛을 가르쳐준 그 쓴맛

　　　　　　　　　　　　　　—「쓴맛을 알다」부분

　쓴맛의 미감은 절망의 미학에 닿아 있다. 지나간 삶의 자리
에 묻어 있는 쓴맛, 그것은 바로 상처를 견딘 인고의 맛이다.
"오래 곱씹으면 달다"는 눈물에 이르면 카타르시스의 절정을
본다. "단맛을 가르쳐준 그 쓴맛"은 고통을 승화하는 힘이자,
고단한 우리 삶에 보내는 위로이기도 하다.

　　오랜 기다림에 지친 사람들은 안개의 껍질을 깨고 서둘
　러 바다를 빠져나가기 시작했다. 하지만 곧 또 다른 늪으
　로 빠져들고 있다는 것을 그들은 까맣게 모르고 있었다.

　　고독한 등줄기, 후미진 곳 어디쯤엔가에 첫발을 디뎠다.
　안개는 아득한 몸속으로 들어가야만 길을 열어주었고 혼
　을 맡기듯 깊숙이 잠겨들어야만 아스라이 새 길을 내어주
　고 있었다. 끈끈한 바람이 큰 파도처럼 길을 휩쓸 때마다

앞선 사람들의 모습이 나타났다 사라지곤 했다. 팔을 길게 뻗어 방파제를 붙잡고 있던 어선들이 선창가를 서성이다 스러져갔고 가슴에 큼직한 이름표를 단 상점들은 푸슬푸슬 안개의 풍랑 속으로 침몰해갔다.

물 빠진 해안선을 따라 인고(忍苦)의 갈비뼈가 드러나 있다. 진물이 흥건한 상처를 부드러운 속살로 덮어주고 있는 너의 숲은 모래톱을 걷는 동안 한층 더 무성해졌다. 먼 길을 왔지만 너는 희끗희끗 알 수 없는 미소를 흘렸을 뿐 스스로 표정을 지우고 있었다.

— 「덕적도에서」 부분

시에서는 산문시를 다루는 힘을 짐작할 수 있다. 언어의 내적 리듬과 묘사의 힘도 좋거니와 상징과 은유도 탁월하다. "또 다른 늪으로 빠져들고 있다"는 데서는 자신도 모르게 흘러가는 삶이 드러나지만, "아득한 몸속으로 들어가야만 길을 열어주었고 혼을 맡기듯 깊숙이 잠겨들어야만 아스라이 새 길을 내어주고"에서는 온전히 스며들 때 얻는 삶을 보여준다. "풍랑 속으로 침몰해"가는 절망과 "흥건한 상처"는 결국 화해와 수용의 단계("스스로 표정을 지우는")로 나아간다.

항암 치료를 시작하면서부터 거리에는 다리 저는 사람들이 눈에 띄게 많아졌다. 또래 아이의 비슷한 증상만 보아도 조금만 절뚝거려도 쫓아가서 살펴보고 문진(問診)을 해야만 직성이 풀린다.

아이의 아픔이 나의 병이 되면서부터 다른 사람의 아픔

도 느껴지기 시작했다. 별일 없이 얼굴 맞대던 사람들에게
도 드러내지 않은 아픔, 하나쯤은 지니고 있다는 것을 알
았다. 그 아픔을 승화시킨 오색 진주, 소중하게 보듬고 있
다는 사실도 알았다.

    나를 낮추고 세상을 바라보니 모든 것이 아름답게 보인
다. 사람들이 향기롭다.
        ―「아름답게 보인다 ― 우리 아이는, 지금 · 8」 전문

    상처의 근원을 들여다보면서 상처를 보듬어 품는 힘을 보
여주는 작품이다. 그것은 인간애의 실현에서 나온다. 자아는
'자신의 상처'를 매개로 하여 타자에게로 관심을 확대한다. 자
신의 고통을 견디는 희생 역시 타자에 대한 사랑의 치유이다.
"아이의 아픔이 나의 병이 되면서부터 다른 사람의 아픔도 느
껴지기 시작했다"는 경지에 이르고 나면, 상처마저 위로를 얻
는다.

    시간이 멈춘 자리에 들불처럼 번지는 가려움,
    오래전에 몰래 고랑을 파고 질긴 신품종의 씨앗을 심어
  놓았을 거라고 생각을 했다

    생각의 지층 사이에 숨어 있던 불씨,

    불면의 옆구리를 들출 때마다 뾰족뾰족 화를 내고
    실거머리처럼 달라붙어 나의 갈지자 걸음걸이에 대해
  참견을 하고

그때마다 처절하게 돋는 불꽃의 이마에 몇 년째 특효약
을 바르면서, 나는 곰곰이 생각해본다

철마다 살아나는 무좀에 대하여,
내 안 어딘가에 감춰져 있는 원죄에 대하여
— 「무좀」 부분

무좀을 두고 "신품종의 씨앗", "불씨"로 표현한 참신한 언어
가 눈길을 끄는 작품이다. 이 작품은 무좀을 통해 상처와 삶
의 관계를 하나로 엮는다. "철마다 살아나는 무좀에 대하여/
내 안 어딘가에 감춰져 있는 원죄"에서는 더 나은 삶을 위한
성찰과 정화 의식이 나타난다. 무좀과 화자를 분리하여 대응
하는 모습에서는 해학도 느껴진다.

상처와 아픔, 슬픔으로 가득한 유 시인의 시에는 따뜻한 사
람의 마음이 숨어 있다. 그것은 상처를 삶으로 껴안고, 자아
가 타자와 만나 사랑의 세계를 드러내는 타자지향성 덕분이
다. "속눈썹이 내 눈을 찌를 때가 있다/무심코 건넨 말 한마디
가/평화로운 마음에 깊은 상처를 낼 수 있다/오래도록 슬픔으
로 남을 수 있다"(「속눈썹」)에서도 확인할 수 있듯, 타인에게
상처를 주지 않으려는 타자를 향한 너그러운 시선을 확인할
수 있다. 자신의 상처와 고통을 발견하거나 성찰한 뒤에 타자
를 수용하는 세계까지 나아가는 시정신은 유 시인의 시가 지
닌 미덕이기도 하다.

4. 기억의 재생과 치유

「겨울 동화」에서 "아침은 꽁보리밥", "점심에는 삶은 고구마와 동치미"를 먹던 가난한 시절을 회상하고 있다. 베르그송은 과거의 시간은 사라지는 것이 아니라 현재와 동시에 공존한다고 밝힌 바 있다. 유 시인은 단순한 과거의 시간이 아니라, 상처 입은 기억을 현재의 시간 속으로 재생시켜 화해하고 치유하기 시작한다. "밥으로 먹는 고구마는 끅끅 목이 메었다"(「겨울 동화(童話)」)에 담긴 과거는 상처와 절망의 시간이며, 이것을 현재성으로 호출하는 것은 치유를 위한 작업을 의미한다.

> 판잣집이 다닥다닥 붙어 있는 우리 동네, 다시 몇 바퀴를 돌다 돌다 바로 코앞에서 돌아간 친구, 반달이 위의 이불 봇짐, 쭈그러든 쌀자루, 코딱지만 한 단칸방이 창피해 문고리를 꼭 잡고 모른 체 돌려보냈던 그 친구, 또다시 찾아올까 쌀쌀맞게 대했던, 멀대 같은, 순해터진…… 내 친구 인수
>
> ─「내 친구 인수」부분

가난한 삶을 부끄러워하던 자신의 모습을 고백한 화자는 상처 입은 자존심이나 열등한 환경을 치유하는 출발점으로 삼는다. 현재는 과거의 상처를 품고 치유할 힘이 있다는 것을 확신하기에 가능한 시도이다. "순해터진…… 내 친구 인수"에 대한 그리움은 반성이자 과거의 상처를 품는 건강성의 확인이기도 하다.

한편 또 다른 시, 「발」은 어머니의 부재가 빚은 설움을 드러낸 작품이다. "할머니의 작은 섬에 외따로 떨어져 살았던 적이 있다/어린것 떼어놓던 어머니의 발걸음에 눈물이 앞을 가리었는데"라거나, "불덩이 같은 머리 위를 파리 한 마리 잉잉거릴 때에도 입 앙다문 그 설움 북받쳤는데"(「발」) 등의 구절을 통해 상처의 민낯이 드러난다. 유 시인은 '과거의 시간'을 응시하시면서도 이내 '지금 이 순간'의 현재성으로 재생시킨다. "굳은살 박인 발바닥"(「발」)은 '과거-현재'를 잇는 객관적 상관물이다. 부모와 떨어져 보내던 유년, 가난하던 유년의 시간은 지금의 시간과 만나면서 건강성을 회복한다.

"땅에 묻힌 뿌리가 과거라면/하늘로 뻗은 줄기는 미래일 것이다/되돌아보는 나무의 안/나이테는 둥글게 여울진 날들을 기억하고 있었다"(「누워 있는 나무」)에서처럼 시인이 과거의 시간을 호출하는 것은 자기 삶의 정체성을 확인하는 일이기도 하다. 유 시인은 과거의 환경이 설령, 이별 · 가난 · 상처로 가득했더라도 버릴 기억이 아니라 모두 자신의 온전한 삶이었다며 수용할 줄 안다. 이는 시인이 지닌 의식이 건강하다는 것을 증거한다. "오후 세 시의 들녘에서/오롯이 한 그루 나무로 서 있는 나"(「누워 있는 나무」)를 만나기까지 단단하게 지탱한 시 정신이 시 속에 있다. 이번 시집을 관통하는 유재병 시인의 시적 가치는 과거와 현재를 잇는 시간의 연속성에 대한 확인, 상처를 극복하며 성숙하는 지혜, 자아와 타자의 소통이라는 세 축으로 규정할 수 있다.

푸른시인선 012

내 안에서 불던 바람

초판 1쇄 인쇄 · 2018년 4월 20일
초판 1쇄 발행 · 2018년 4월 25일

지은이 · 유재병
펴낸이 · 한봉숙
펴낸곳 · 푸른사상사

편집 · 지순이 | 교정 · 김수란
등록 · 1999년 7월 8일 제2-2876호
주소 · 경기도 파주시 회동길 337-16(서패동 470-6)
대표전화 · 031) 955-9111(2) | 팩시밀리 · 031) 955-9114
이메일 · prun21c@hanmail.net
홈페이지 · http://www.prun21c.com

ⓒ 유재병, 2018

ISBN 979-11-308-1331-8   03810
값 9,000원

본 도서는 인천광역시, (재)인천문화재단, 한국문화예술위원회 지역협력형사업으로 선정되어 발간하였습니다.